Comentarios de lo[s]
acerca de *La c[...]*

LA CASA DEL ÁRBOL® #38
MISIÓN MERLÍN

Lunes
con un
genio loco

Mary Pope Osborne

Ilustrado por Sal Murdocca
Traducido por Marcela Brovelli

LECTORUM
PUBLICATIONS, INC.

Para James Quinn Courts

Spanish translation©2018 by Lectorum Publications, Inc.
Originally published in English under the title
MONDAY WITH A MAD GENIUS
Text copyright©2007 by Mary Pope Osborne
Illustrations copyright ©2007 by Sal Murdocca
This translation published by arrangement with Random House Children's Books, a division of Random House, Inc.

For information regarding permission, contact
Lectorum Publications, Inc., 205 Chubb Avenue, Lyndhurst, NJ 07071.

Library of Congress Cataloging-in-Publication data
Names: Osborne, Mary Pope, author. | Murdocca, Sal, illustrator. | Brovelli, Marcela, translator.
Title: Lunes con un genio loco / Mary Pope Osborne ; ilustrado por Sal Murdocca ; traducido por Marcela Brovelli.
Other titles: Monday with a mad genius. Spanish.
Description: Lyndhurst, NJ : Lectorum Publications, Inc., [2018] | Series: Casa del arbol ; #38 | "Mision Merlin." | Originally published in English: New York : Random House, 2007 under the title, Monday with a mad genius. | Summary: Jack and Annie travel 500 years back in time to Florence, Italy, and spend a day helping Leonardo da Vinci in the hope of learning another secret of happiness.
Identifiers: LCCN 2018003887 | ISBN 9781632456816
Subjects: LCSH: Leonardo, da Vinci, 1452-1519--Juvenile fiction. | CYAC: Leonardo, da Vinci, 1452-1519--Fiction. | Time travel--Fiction. | Magic--Fiction. | Brothers and sisters--Fiction. | Curiosity--Fiction. | Florence (Italy)--History--1421-1737--Fiction. | Italy--History--1492-1559--Fiction. | Spanish language materials.
Classification: LCC PZ73 .O7476 2018 | DDC [Fic]--dc23 LC record available at
https://lccn.loc.gov/2018003887
....
ISBN 978-1-63245-681-6
Printed in the U.S.A
10 9 8 7 6 5 4 3 2 1

ÍNDICE

Queridos lectores:

Cuando yo estaba en kindergarten, durante las vacaciones de primavera, mis hermanos y yo nos propusimos volar como los pájaros. Sabíamos que la gente no podía hacerlo, pero eso no nos detuvo. Nos emocionaba pensar que seríamos los primeros en volar. Como área de despegue, elegimos el parque de juegos cercano a nuestra casa. Empezamos por columpiarnos y, aleteando los brazos con fuerza, saltamos al aire. Obviamente, siempre terminábamos en el piso. Nuestro intento siguiente fue el tobogán. Por turnos, íbamos tirándonos desde lo más alto, agitando los brazos a toda velocidad, pero una y otra vez, quedábamos tirados sobre la arena. Por suerte, nunca nos lastimamos. Nos pasábamos toda la mañana tratando de volar, hasta que, finalmente, nos dimos por vencidos y nos fuimos a casa, satisfechos de haber hecho hasta lo imposible por nuestro sueño.

Lo mejor de ser un niño, creo, es que con la imaginación la vida se llena de aventuras maravillosas. Leonardo da Vinci, uno de los genios más grandes del mundo, era como un niño que jamás creció por completo. Incluso cuando trabajaba, parecía que jugaba observando el mundo y preguntándose: "¿Qué pasaría si...?". Tenía pasión por experimentar diferentes formas de hacer las cosas y por explorar ideas nuevas; ¡tratar de volar, por ejemplo! Espero que, en esta nueva Misión Merlín, cuando se encuentren con Leonardo, sientan que han ganado un amigo extraordinario.

Mary Pope Osborne

"Mi deseo es hacer milagros".

—de los libros de anotaciones de

Leonardo da Vinci

Prólogo

Un día de verano, en el bosque de Frog Creek apareció una misteriosa casa en la copa de un árbol. Muy pronto, los hermanos Annie y Jack se dieron cuenta de que la pequeña casa era mágica. En ella podían ir a cualquier lugar y época de la historia, ya que la casa pertenecía a Morgana le Fay, una bibliotecaria mágica del legendario reino de Camelot.

Luego de muchas travesías encomendadas por Morgana, Annie y Jack vuelven a viajar en la casa del árbol en las "Misiones Merlín", enviados por dicho mago. Con la ayuda de dos jóvenes hechiceros, Teddy y Kathleen, Annie y Jack visitan cuatro lugares *míticos* en busca de objetos muy valiosos para salvar el reino de Camelot.

En sus cuatro siguientes Misiones Merlín, Annie y Jack viajan a sitios y períodos reales de la historia: Venecia, Bagdad, París y la ciudad de Nueva York. Tras demostrarle al Mago que ellos son capaces de hacer magia sabiamente, Merlín los premia con la poderosa Vara Mágica de Dianthus, como ayuda extra para que hagan su *propia* magia.

En su última aventura, Teddy y Kathleen les dijeron a Annie y a Jack que Merlín estaba muy triste y enfermo, y que Morgana quería enviarlos en busca de cuatro secretos de la felicidad para que los compartieran con Merlín.

Una vez más, Annie y Jack esperan el regreso de la casa del árbol para cumplir la segunda misión y ayudar a Merlín...

CAPÍTULO UNO

Viejos amigos

Jack vertió leche sobre los cereales. Tenía el estómago revuelto. Era lunes, el primer día de clases de un nuevo año.

Siempre se sentía así al inicio de cada curso escolar. ¿Cómo sería su maestra? ¿Su pupitre estaría cerca de la ventana? ¿Estarían sus compañeros del año anterior?

—¡Annie, apúrate! —gritó la madre de ambos desde la escalera—. Faltan quince minutos para las ocho. En media hora tienen que estar en la escuela.

El padre de Annie y Jack entró en la cocina.

—¿Estás seguro de que no quieren que los lleve en el auto? —preguntó.

—No, gracias. Iremos caminando —contestó Jack. La escuela quedaba a tres cuadras.

—¡Annie, *apúrate!* —gritó la madre otra vez—. ¡Van a llegar tarde!

La puerta de atrás se abrió de golpe y Annie entró corriendo. Le faltaba el aire.

—¡Ah, pensé que estabas arriba! —dijo la madre sorprendida—. ¿Saliste?

—¡Sí! —contestó Annie jadeando—. Fui a caminar un poco. —Y cuando miró a Jack, los ojos le brillaban—. ¡Jack, tenemos que irnos! *¡Ahora!*

—¡Bueno, ya voy! —contestó Jack, y se puso de pie. Sabía que su hermana no se refería a la escuela. "¡La casa del árbol debe de haber regresado! ¡Por fin!".

Jack agarró la mochila. Annie lo esperaba con la puerta abierta.

—¿No van a desayunar? —preguntó la madre.

—Estoy muy nervioso para comer, mamá —respondió Jack.

—Yo también —agregó Annie—. ¡Adiós, mamá! ¡Adiós, papá!

—Que se diviertan —dijo la madre.

—Aprendan mucho —agregó el padre.

—¡Lo haremos, no se preocupen! —comentó Annie.

Ambos salieron de la cocina y, rápidamente, atravesaron el patio.

—¡Regresó! —exclamó Annie.

—¡Lo imaginaba! —agregó Jack.

—Morgana debe de querer que busquemos otro secreto de la felicidad para Merlín —dijo Annie.

—¡Claro! ¡Corramos! —dijo Jack.

Cruzaron la calle y, a toda prisa, se internaron en el bosque de Frog Creek. Avanzaron corriendo por entre los árboles y las sombras, hasta que llegaron al roble más alto.

En la copa, estaba la casa mágica. La escalera colgante se balanceaba con el viento frío de la mañana.

—¿Cómo supiste que la casa había vuelto? —preguntó Jack, recobrando el aliento.

—Me desperté pensando en Teddy y Kathleen con un presentimiento extraño —explicó Annie.

—¿De verdad? —preguntó Jack—. ¡Teddy! ¡Kathleen! —gritó, mirando hacia arriba.

Dos adolescentes se asomaron a la ventana de la casa del árbol: un niño de sonrisa amplia, pecoso y de cabello rizado, y una niña sonriente, de ojos azul marino y cabello ondulado.

—¡Jack! ¡Annie! —dijo la niña en voz alta.

—¡Suban! ¡Suban! —gritó el niño.

Sin perder tiempo, Annie y Jack subieron por la escalera colgante. Entraron en la pequeña casa y abrazaron a sus amigos.

—¿Tenemos que ir a buscar otro secreto para Merlín? —preguntó Annie.

—Sí. Y esta vez, volverán a Italia. A la Florencia de hace quinientos años —explicó Teddy.

—¿Florencia, Italia? ¿Qué hay allí? —preguntó Jack.

—Una persona extraordinaria que los ayudará —agregó Kathleen.

—¿Quién? —preguntó Annie—. ¿Es mago?

—Algunas personas dicen que sí —respondió Teddy sonriendo. Metió la mano dentro de la capa y sacó un libro. En la tapa, se veía a un hombre de capa violeta y gorro azul. Tenía nariz larga, ojos tiernos y brillantes, cejas tupidas y barba larga. El título del libro decía:

—¡Leonardo da Vinci! —exclamó Jack—. ¿Es una broma?

—Oí hablar de él —dijo Annie—. ¡Fue un genio absoluto!

—Esta biografía de Leonardo les va a servir en esta misión —comentó Teddy.

—Y también este poema de Morgana —agregó Kathleen.

Sacó un trozo de papel de pergamino de la capa y se lo dio a Annie.

Ella leyó en voz alta:

> *Para Annie y Jack de Frog Creek:*
>
> *Aunque la pregunta sea simple,*
> *la respuesta simple, incorrecta puede ser.*
> *Si la correcta desean conocer,*
> *ayuden al genio todo el día;*
> *en la mañana y el atardecer,*
> *hasta que el pájaro cante su melodía,*
> *a la hora del anochecer.*

—Entonces, para encontrar el secreto de la felicidad, tenemos que pasar todo el día ayudando a Leonardo da Vinci —dijo Jack.

—Sí —respondió Kathleen. Teddy asintió con la cabeza.

—Ojalá ustedes pudieran venir —agregó Annie.

—Para ayudarnos a *nosotros* —comentó Jack.

—No teman —dijo Kathleen—. Tendrán la ayuda del gran genio y de la Vara de Dianthus.

—¡Ay! ¿Trajiste la vara, Jack? —preguntó Annie.

—Por supuesto —contestó él—. Siempre la llevo conmigo para que esté más segura. —Abrió la mochila y sacó una vara brillante color plata.

—La Vara de Dianthus —susurró Teddy.

La vara era parecida al cuerno de los unicornios. A Jack le quemaba en la mano, sólo que no sabía si era por frío o por calor. La volvió a guardar en la mochila.

—¿Recuerdan las tres reglas de la vara? —preguntó Kathleen.

—Claro —contestó Annie—. Sólo podemos usarla para el bien de los demás. Sólo podremos utilizarla una vez que hayamos intentado todo lo

que esté a nuestro alcance. Y sólo funciona con una orden de *cinco* palabras.

—Excelente —dijo Kathleen

—Gracias —agregó Annie—. ¿Listo? —le preguntó a Jack.

—Sí —contestó él—. Adiós, Teddy. Adiós, Kathleen.

—Adiós —respondió Teddy.

—Y buena suerte —agregó Kathleen.

—¡Deseamos ir con Leonardo da Vinci! —dijo Jack señalando la tapa del libro.

A la distancia, se oyó el timbre de la escuela. Las clases iban a comenzar en diez minutos. Pero en el bosque de Frog Creek el viento había empezado a soplar.

La casa del árbol empezó a girar.

Más y más rápido cada vez.

Después, todo quedó en silencio.

Un silencio absoluto.

CAPÍTULO DOS

Buscando a Leonardo

A lo lejos se oyó una campana pero el sonido era diferente. El sol de la mañana entraba por la ventana, llenando de luz la casa del árbol. Teddy y Kathleen se habían ido.

Jack se miró la ropa; una túnica larga hasta las rodillas y medias oscuras. Su mochila se había convertido en una bolsa de tela. Annie llevaba puesto un vestido largo con mangas amplias. Al asomarse a la ventana, notaron que la casa mágica había aterrizado en un árbol altísimo, en un jardín bordeado por setos verdes. A la distancia,

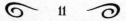

se veía un mar de techos rojos y, por encima de estos, se alzaba una cúpula de ochos lados, y una torre de piedra.

—Bienvenidos a Florencia, Italia —dijo Annie.

Jack abrió su libro y leyó en voz alta:

**A principios del siglo XVI, en Floren-
cia, vivían muchos pintores, escultores
y artesanos. La ciudad estaba llena de
gente que tejía la seda, hacía cerámica y
trabajaba el mármol. Los artistas hacían
esculturas, pinturas y tapices.**

—¡Genial! —exclamó Annie—. ¡Me encanta
el arte!

Jack continuó leyendo:

**Pero el genio más asombroso de esa
época hacía un poco de todo. Leonardo
da Vinci, además de un gran pintor, fue
inventor, arquitecto, geólogo, botánico,
jinete y chef. También diseñaba vestuario
y escenografía.**

—¿Qué es un geólogo? ¿Y un botánico? —preguntó Annie.

—Son científicos —dijo Jack—. El geólogo
estudia las rocas y el botánico las plantas.

—Bueno, debemos irnos —agregó Annie—. Seguro que la casa del árbol nos trajo justo hasta Leonardo. ¡Tenemos que encontrarlo antes de que se vaya!

—Está bien —contestó Jack.

Annie fue hacia la escalera colgante. Jack guardó el libro y la siguió.

Bordeando el alto seto, llegaron a un camino ancho muy transitado, al costado de un río. Annie y Jack observaron a la gente: mujeres con elegantes vestidos de seda largos, sacerdotes vestidos con sotanas negras montados en pequeños burros y soldados de alta estatura con capa azul a caballo.

—Ninguno de los hombres se parece al de la tapa del libro —comentó Jack.

—Preguntémosle a alguien —sugirió Annie, y se acercó a una niña que vendía flores, al costado del camino—. Disculpa, ¿conoces a un hombre llamado Leonardo da Vinci?

—¡Por supuesto! *¡Todos* conocen a Leonardo! —dijo la niña—. ¡Acaba de irse! Le vendí unas flores. Dijo que más tarde las dibujaría. —Los ojos de la pequeña brillaban de emoción.

—¿Adónde fue? —preguntó Jack.

—Iba hacia el Puente Viejo —dijo la niña, señalando un puente cubierto a lo lejos.

—¡Gracias! —exclamó Annie.

A toda prisa, caminaron por la orilla del río en dirección al puente.

—Tenías razón —comentó Jack—. La casa del árbol nos trajo justo hasta Leonardo. Lástima que mientras hablábamos, él siguió caminando.

—No te preocupes —contestó Annie—, lo alcanzaremos.

El puente cubierto, construido sobre tres arcos de piedra, parecía una casa larga extendida sobre el agua.

Dentro del puente era casi imposible buscar a Leonardo. La luz era débil y en la acera había demasiada gente.

Annie y Jack, apretujados por el gentío, lograron llegar al otro lado del puente. El sol estaba

tan fuerte que no dejaba ver con claridad. Jack se protegió del reflejo con la mano.

—Todavía no lo veo —dijo.

—Podemos preguntar otra vez. La florista dijo que todos conocen a Leonardo.

Annie se dirigió a un negocio cercano a la ribera. Los tejedores estaban colgando sus telas en una soga. Las sedas rojas y violetas se agitaban con la brisa.

—¡Disculpen! —dijo Annie—. ¿Han visto a Leonardo da Vinci hoy?

—¡Oh, sí! ¡Leonardo pasó por aquí hace un instante! —dijo una anciana sin dientes—. ¡Iría a la panadería, como todas las mañanas! —agregó ella, señalando un sendero angosto.

—¡Gracias! —contestó Annie.

Ella y Jack se dirigieron hacia la panadería. El delicioso aroma a pan recién horneado llenaba el aire.

—Disculpe, ¿Leonardo da Vinci estuvo aquí? —preguntó Jack.

—Sí, acaba de comprar su barra de pan diaria —respondió el panadero—. Después, siempre va a la quesería. —El hombre señaló la acera de enfrente.

—¡Gracias! —contestó Jack.

Él y Annie cruzaron la transitada calle.

—¿Se encuentra Leonardo da Vinci? —preguntó Annie.

—Acaba de irse —respondió el vendedor, y señaló un poco más adelante—. Fue a ver al herrero.

—Uf, no —exclamó Jack.

—¡Gracias! —contestó Annie.

Ambos caminaron calle arriba.

—¡No veo la hora de conocerlo! —comentó Annie.

—¡Yo también! —agregó Jack—. Si tan sólo pudiéramos alcanzarlo.

De pronto, oyeron que alguien daba martillazos en el interior de un negocio. Al entrar, vieron a un herrero golpeando una herradura con un enorme martillo de hierro. Cerca de él, el fuego rugía en la chimenea.

—¡Disculpe! —gritó Jack.

El corpulento hombre dejó su labor.

—¿Estuvo aquí Leonardo da Vinci? —preguntó Jack.

—Sí, por fin me pagó sus ollas de hierro —contestó el herrero con voz ronca.

—¿Sabe adónde iba? —preguntó Jack.

—Al mercado, muy apurado como siempre —explicó el herrero, moviendo la cabeza en dirección a la calle. Luego, siguió martillando.

Annie y Jack corrieron calle arriba. Al doblar la esquina, vieron una plaza inmensa. El sol brillaba sobre cientos de puestos y tiendas. El aire olía a pescado, canela y otras especias.

—¡Cielos, el mercado es enorme y está repleto de gente! —exclamó Jack—. Aquí podríamos pasar el día entero buscando a Leonardo.

—Esto no va bien —dijo Annie—. ¡Se supone que teníamos que pasar el día *ayudándolo*, no *buscándolo*! ¿Recuerdas el poema? "Ayuden al genio todo el día; en la mañana y el atardecer, hasta que el pájaro cante su melodía, a la hora del anochecer".

—Sí, aunque no entiendo lo que significa —agregó Jack.

—¿Y si usamos la vara mágica? —propuso Annie—. Esto va justo con las reglas. No vinimos a buscar a Leonardo para *nuestro* bien, sino para ayudar a Merlín. Y, además, creo que hicimos hasta lo imposible por encontrar a Leonardo.

—¡Está bien, usémosla! —Jack sacó la Vara de Dianthus de la bolsa y se la dio a Annie—. Cinco palabras —le dijo.

—Ya lo sé, ya lo sé —contestó ella. Levantó la vara y contó las palabras con los dedos—: Necesitamos-encontrar-a-Leonardo-ahora.

Se quedaron esperando en silencio. Pero todo seguía exactamente igual.

—No funcionó —dijo Jack—. ¿En qué nos equivocamos?

—No lo sé, usamos las cinco palabras —agregó Annie—. Y usamos la vara por el bien de otro. Tal vez, no hicimos todo lo que estaba a nuestro alcance antes de usarla.

—Bueno, veamos qué más podemos hacer —dijo Jack suspirando. Agarró la vara y la guardó en la bolsa.

—¡Oh, mira esos pájaros! —exclamó Annie.

Agarró a Jack de un brazo y lo llevó al puesto de venta de aves. Solo una de ellas cantaba; un pájaro muy común, de color marrón, con la cola rojiza, pero su canto era hermoso con trinos y silbidos.

—Hola, pequeño —le dijo Annie.

El pájaro inclinó la cabeza y, entre gorjeos suaves, miró a Annie.

—Vamos, Annie, no podemos perder el tiempo aquí —comentó Jack—. Debemos seguir buscando a Leonardo.

—Pero, ¿no oíste el canto de este pájaro? —dijo Annie—. Quiere volar. Quiere ser libre.

Jack miró a su alrededor en busca del vendedor que estaba hablando con un cliente.

—Olvídate, Annie. No tenemos dinero para comprarlo —agregó.

—Pero él quiere que yo lo ayude, lo sé —dijo Annie, tocando la puerta de la jaula.

—¡Annie, no! —dijo Jack.

Pero ella abrió la puerta y el pájaro saltó al suelo.

—¡Ay, no! —exclamó Jack.

Quiso agarrar al pájaro, pero se le escapó. En un instante, el ave salió volando por el cielo azul.

—¡Yupi! —exclamó Annie.

—¡Eh! —gritó el vendedor, corriendo hacia ellos—. ¿Querían robar mi pájaro?

—¡No íbamos a robarlo! —contestó Annie—. Quisimos liberarlo.

El vendedor agarró a Jack de un brazo.

—¡Entonces, tendrán que pagar por él! —rugió.

—Pero... pero... —murmuró Jack.

—¡Marco, suelta al niño! —tronó una voz.

Jack se dio vuelta y vio a un hombre alto, de capa violeta y gorro azul. Tenía nariz larga, ojos bondadosos y brillantes, cejas tupidas y barba larga. Era *idéntico* al hombre de la tapa del libro.

—¡Leonardo! —exclamó Annie—. ¡Jack, la vara funcionó!

CAPÍTULO TRES

Diez tipos de narices

—¡Suelta al niño, Marco! —insistió Leonardo.

—Pero lo pesqué tratando de robar mi pájaro —dijo el vendedor.

—No, Marco, la niña dijo que lo liberaron. Yo le creo —agregó Leonardo.

—Entonces, que me paguen —insistió Marco.

—No tenemos dinero —dijo Annie en voz baja.

—Yo lo pagaré —dijo Leonardo.

Dejó la canasta con flores, queso y pan en el suelo. Luego, sacó una moneda de oro. El vendedor soltó a Jack y agarró el dinero.

—Marco, cuando era bebé y estaba en mi cuna, un pájaro voló hacia mí y me tocó con la cola —contó Leonardo—. Desde entonces he deseado...

—Ya lo sé, ya lo sé —interrumpió Marco—. Usted quería ser un pájaro, me lo dijo muchas veces, Leonardo.

El vendedor se alejó para atender a un cliente.

Leonardo miró a Annie y a Jack.

—Sí —afirmó él—, yo quería ser un pájaro. Por eso, suelo comprar pájaros aquí, para dejarlos en libertad. ¿Lo ven, amigos? Somos almas gemelas.

—¡Sí, es verdad! —afirmó Annie, con una sonrisa de oreja a oreja.

—Gracias por su ayuda —agregó Jack sonriendo. Quería caerle bien a Leonardo para que los dejara pasar todo el día con él—. Yo soy Jack y ella es mi hermana, Annie. En realidad, fue ella quien liberó...

Pero Leonardo no dejó que Jack terminara.

—En verdad, ¡yo *amo* a todas las criaturas! ¡A cada ave y animal conocido para el hombre, y también a los que *no* conoce! —Leonardo rió, con entusiasmo.

—¡Yo también! —exclamó Annie.

—¡Y yo también! —agregó Jack.

Leonardo levantó algunas plumas del suelo.

—¡Ah, qué belleza! —exclamó, poniéndolas al sol—. Haré un boceto de ellas... Bueno, amigos, debo irme. ¡Que tengan buen día! —dijo Leonardo poniendo las plumas en la cesta donde llevaba el pan, el queso y las flores, y se alejó rápidamente.

"¡Ay, no!", pensó Jack. Pero antes de pensar en algo para decir, Annie gritó:

—¡Señor da Vinci! ¡Leonardo!

Él se dio vuelta y miró a Annie.

—¿Sí? —le dijo.

—Eh... ¿necesita...? ¿necesita ayuda hoy? —preguntó ella—. A Jack y a mí nos gustaría mucho, mucho, ayudarlo... todo el día..., ¿podemos?

Jack se sintió avergonzado. Estaba seguro de que Leonardo diría que no. Pero se sorprendió cuando el gran genio se quedó mirándolos, mientras se tocaba la barbilla.

—Bueno, en realidad, esta mañana debo hacer una tarea importante —dijo sonriendo—. Tal vez podrían ser mis aprendices durante todo el día de hoy.

—¡Grandioso! —exclamó Annie.

—¿Qué es un *aprendiz?* —preguntó Jack.

—Alguien que ayuda a un artista o a un experto —explicó Leonardo—. Un aprendiz trabaja y estudia arduamente, con el deseo de que, algún día, pueda él mismo ser un experto.

—¡Genial! —exclamó Jack.

—¡Entonces, vengan conmigo! —dijo Leonardo alejándose rápidamente. Annie y Jack apuraron el paso para seguirlo. Los tres salieron del concurrido mercado y se dirigieron a una calle empedrada.

—¿Ustedes viven en Florencia? —preguntó Leonardo.

—No, somos de... eh... de muy lejos —explicó Jack.

—Tenemos una misión —dijo Annie—: vinimos a buscar el secreto de la felicidad.

—Ah, sí… yo lo descubrí hace algún tiempo —dijo Leonardo sonriendo.

—¿De verdad? —preguntó Jack.

—Sí, es algo que busqué y que ahora tengo —explicó Leonardo—. Es muy sencillo.

—¿Qué es? —preguntó Jack.

—El secreto de la felicidad es la *fama* —respondió Leonardo.

—¿En serio? ¿La fama? —preguntó Annie.

—¡Sí! Ver asombro y admiración en los ojos de un extraño, ¡me hace muy feliz! —afirmó Leonardo.

Cuando él se alejó un poco, Annie miró a Jack.

—Fama… Creo que esa es nuestra respuesta —dijo ella.

—No lo sé —añadió Jack, bajito—. ¿Recuerdas lo que decía el poema? *"Aunque la pregunta sea simple, la respuesta simple, incorrecta puede ser"*.

—Ah, sí —exclamó Annie—. Y también dice que para conocer la respuesta tenemos que estar todo un día con Leonardo.

—Así es —contestó Jack. Un día con el genio más asombroso de todos los tiempos era lo que más lo entusiasmaba.

Ambos siguieron a Leonardo hasta una plaza donde había cientos de personas. En el medio de la plaza, había una catedral inmensa, con una cúpula de ocho caras, la misma que Annie y Jack habían visto desde la casa del árbol.

"¿Cómo y cuándo construyeron algo así?", se preguntó Jack.

De pronto, Leonardo, clavando la vista en la multitud, se detuvo y exclamó:

—¡Oh, oh!

—¿Qué...? —¿Qué pasa? —preguntó Annie.

—Veo un ángel —respondió él.

—¿Un ángel? —preguntó Jack, observando todo. Él no veía ninguno.

—¡Allí! —Leonardo señaló a una niña pequeña de pelo oscuro, parada entre la gente. Para Jack, la pequeña no se parecía en nada a un ángel; era una niña común y corriente.

Leonardo puso la canasta en el suelo. Del cinturón, desató un pequeño cuaderno, sacó un pedazo de tiza y empezó a dibujar.

—Necesitaba un ángel para una de mis pinturas —murmuró—. ¡Creo que lo encontré!

Terminó enseguida y les mostró el boceto a Annie y a Jack. Con unos pocos trazos había creado un milagro. La niña era la misma, pero Leonardo había logrado que pareciera un ángel.

—Es el ángel más bello que he visto —dijo Annie.

—Pues no lo sé —dudó Leonardo—. Me temo que la nariz no es la adecuada. Creo que debo seguir buscando. —Y arrancó la hoja de su libreta.

—¿Quieren quedarse con el dibujo?

—¡Oh, sí! ¡Gracias! —exclamó Annie.

—Yo lo guardaré —dijo Jack. Agarró la hoja y la metió en la bolsa entre las páginas de su libro.

Leonardo agarró su canasta y guardó el cuaderno.

—Vengan conmigo —dijo.

Annie y Jack tenían que correr para ir a la par de Leonardo.

—Cuando voy por la calle, siempre reúno información —comentó el gran genio—. Observando todo con ojos de científico, descubrí que existen diez tipos de narices.

—¿De verdad? —preguntó Annie tocándose la suya.

—Sí —respondió Leonardo—: rectas, redondas, puntiagudas, achatadas, estrechas... Vistas de *perfil*, por supuesto. Pero, al mirarlas de frente, descubrí *once* tipos de narices.

—¿En serio? —preguntó Jack.

Concentrado en las narices de quienes pasaban, vio algunas achatadas, estrechas, redondas, pero muchas eran difíciles de describir.

—Mis observaciones me han llevado a concluir que hay muchos más tipos de *bocas* que de narices —explicó Leonardo—. Pero la *ubicación* de la boca nunca cambia; justo en el medio, entre la base de la nariz y la barbilla.

—¿De veras? —preguntó Annie, midiendo con dos dedos la distancia entre su nariz, boca y barbilla—. Creo que tienes razón, Leonardo.

—Estudio los gestos y la expresión de la gente —añadió él—: sus manos, sus ojos, su cabello. Pero para ser un artista verdadero hay que aprender a combinar tus observaciones con tu imaginación. —De golpe, se detuvo y dijo—: ¡Miren hacia arriba! ¡Miren...!

—¿Ven las nubes? —preguntó Leonardo estudiando el cielo salpicado de nubes inmensas—. ¿Se parecen a algo, en particular? ¿Qué ven en ellas? —insistió.

"Yo veo grandes manchas blancas", pensó Jack.

—La más grande parece un castillo —comentó Annie.

—¡Bien! ¡Bien! —exclamó Leonardo.

—Y esa pequeña parece la cabeza de un perro —añadió Annie—, de un cachorro de terrier escocés.

"¿Un cachorro de terrier escocés?", pensó Jack entrecerrando los ojos para ver el cachorro.

—¡Excelente! ¿Y tú, Jack? ¿Qué ves en esa nube? —preguntó Leonardo, señalando una nube larga.

Jack se quedó estudiando la nube.

—Eh, bueno, creo que parece algo así como… un bote —dijo.

—¡Maravilloso! —dijo Leonardo. —¡De todas las cosas obtengo ideas para pintar! Miro una mancha de humedad en la pared y veo el rostro de una mujer. En una mancha de comida del mantel, ¡veo un caballo! ¡Contemplo rocas y charcos de agua y veo mares y montañas!

—¡Ah, yo también hago eso! —añadió Annie.

—Imagino que el dibujo más antiguo empezó con un simple trazo, dibujado alrededor de la sombra de un hombre en la pared de una cueva —explicó Leonardo.

—Increíble —suspiró Annie.

"No está mal...", pensó Jack. Le gustaba la forma de pensar de Leonardo.

—¿Oyen las campanas de la catedral? —preguntó Leonardo.

Jack se quedó escuchando; algunos sonidos subían, otros bajaban.

Talán-tilín-talán-tilín.

Talán-tilín-talán-tilín.

—Las campanas tienen voz; siento que cantan

para mí —dijo Leonardo—. ¿Oyen lo que dicen?

"Bueno…, no…", pensó Jack.

Él sólo oía *talanes y tilines*.

—Las campanas me dicen: "¡Ponte a trabajar, Leonardo da Vinci! ¡Este lunes tienes mucho que hacer!" —comentó riendo—. ¡En marcha, amigos míos!

Y rápidamente se alejó caminando por las calles de Florencia.

CAPÍTULO CUATRO

La escena de la batalla

—¿Entonces, adónde iremos? —le preguntó Annie a Leonardo, caminando apurada junto a Jack.

—Al palacio del Consejo Mayor —respondió Leonardo—. Me contrataron para pintar un fresco en el salón. Hace varios meses que estoy trabajando allí.

—¿Qué es un *fresco?* —preguntó Jack.

—Es una obra de arte pintada sobre una pared —explicó Leonardo—. Primero, se extiende yeso sobre la pared y antes de que se seque,

se pinta la obra, rápidamente.

—Parece divertido —dijo Annie.

—No para mí —añadió Leonardo—. El arte requiere de mucha concentración. A mí me gusta pintar despacio, haciendo cambios sobre la marcha. Así que para este fresco he inventado una pintura al óleo que se seca muy lentamente.

—¿Y funciona? —preguntó Jack.

—Demasiado bien —respondió Leonardo—. Pero ahora tengo otro problema: ni el yeso ni la pintura al óleo se han secado.

—¡Oh, no! —exclamó Annie.

—¡Pero hoy todo va a salir bien! —comentó Leonardo entusiasmado—. Tengo un plan para apurar el secado. Esta mañana lo arreglaré todo.

Leonardo llevó a Annie y a Jack a una plaza. En el centro, había un edificio inmenso.

—Ahí está: el palacio del Consejo Mayor —dijo.

El palacio parecía una fortaleza, con paredes de piedra y una torre altísima.

—El palacio es un lugar muy importante

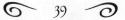

donde se reúne el consejo de gobierno de Florencia. ¡Vengan! —dijo Leonardo, abriendo una de
las grandes puertas que daba a un patio con una
fuente en el centro—. Por aquí se llega al salón del
consejo y… a la última obra de Leonardo da Vinci.

Leonardo subió por unos escalones y caminó
por un pasillo. Annie y Jack lo siguieron hasta que
se detuvo y dejó la canasta en el piso.

—¡Mi fresco! —exclamó, alzando los brazos.

—¡Santo cielo! —dijo Jack, con un hilo de voz.

En un enorme salón de vastas paredes blancas y ventanas abovedadas, sobre uno de los muros del fondo, varios jóvenes trabajaban parados en una plataforma de madera. Más arriba se veía una inmensa pintura de una batalla. En ella se veían muchos hombres a caballo, luchando por una bandera.

Los hombres de la pintura se atacaban furiosamente con las espadas. Sus rostros y bocas estaban retorcidos. Hasta los caballos se veían furiosos y enloquecidos.

—Me pagaron para que pintara una escena de la batalla que se libró para defender a la ciudad de Florencia —comentó Leonardo—. Querían que pintara una imagen gloriosa, pero yo creo que la guerra es una locura salvaje. Espero que mi obra transmita eso.

—¡Oh, sí! ¡Lo transmite! —añadió Annie.

Jack asintió con la cabeza. Jamás había visto una pintura tan escalofriante.

—¡Zorro! —llamó Leonardo.

Uno de los jóvenes trabajadores bajó por una escalera. Era un adolescente robusto, de cara colorada y pelo negro ondulado.

—¿Mejoraron un poco las cosas esta mañana? —preguntó Leonardo.

—No, la pintura aún está muy fresca al tacto —contestó Zorro.

—Entonces, adelante con el plan —dijo Leonardo—. ¿Mandó el herrero las ollas?

—Sí, están allí —dijo Zorro, señalando dos grandes ollas de hierro, debajo de la plataforma.

—¿Trajeron la madera? —preguntó Leonardo.

—Sí. —Zorro señaló el montón de madera apilado contra la pared.

Leonardo caminó hacia la plataforma.

—¿Cuál es el plan, Leonardo? —dijo Annie, mientras ella y Jack lo seguían.

—Mis aprendices y yo pondremos la madera en las cubetas y las subiremos a la plataforma —explicó Leonardo—. Haremos fuego para que el fresco se seque más rápido.

—¿Podemos ayudar? —preguntó Jack.

—Traigan un poco de fajina —contestó Leonardo.

—¡Enseguida! —dijo Jack.

Se quitó la bolsa y se fue con Annie hacia la montaña de madera.

—¿*Fajina?* —preguntó ella.

—Son trozos de madera pequeños para que el fuego encienda más rápido —dijo Jack.

Juntaron ramas y palillos y se los llevaron a Leonardo. Él los puso dentro de las ollas de hierro. Zorro trajo más leños y Leonardo y él engancharon las manijas de las ollas a un sistema de sogas y poleas.

—¡Tiren! —gritó Leonardo.

Desde la plataforma, los aprendices tiraron de las sogas y las pesadas ollas comenzaron a balancearse en el aire.

—¡Despacio! ¡Más despacio! —gritó Leonardo.

Los aprendices agarraron las ollas y las pusieron enfrente del fresco.

—¡Enciendan el fuego! —gritó Leonardo.

Zorro encendió una vela con una antorcha de la entrada y subió por la escalera. Luego, encendió la fajina. Enseguida, la madera de las ollas empezó a arder.

—¡Traigan más madera! —gritó Leonardo.

Annie y Jack corrieron hacia la montaña de leña, juntaron pedazos más grandes de madera y, a toda velocidad, los llevaron al pie de la escalera. Los aprendices izaron la madera hasta la plataforma y la pusieron en las ollas.

Enseguida, las llamas empezaron a crecer, calentando el fresco. Annie y Jack contemplaban la escena de la batalla. El salón fue volviéndose más y más caluroso.

Con el fuego ardiendo por encima y el humo ondulándose por el aire, Jack sintió que estaba en medio de la batalla, oyendo el estruendo de las espadas, el relinchar de los caballos y los gritos de los hombres. Podía sentir la locura salvaje de la guerra de la que Leonardo hablaba.

De repente, Jack oyó gritos *verdaderos*. Eran los aprendices de Leonardo.

—¡Está *goteando*, Maestro! —gritó uno.

—¡La pintura se derrite! —gritó otro.

Jack miró el fresco. Los cascos de los soldados estaban deformándose sobre sus rostros.

—¡AHHH! —chilló Leonardo horrorizado—. ¡Apaguen el fuego! ¡Apáguenlo!

CAPÍTULO CINCO

Toc, toc

El pánico de la escena de guerra pareció adueñarse del salón. Los aprendices de Leonardo, desesperados, miraban a su alrededor, sin saber qué hacer.

—¡El agua de la fuente! ¡Rápido! —rugió Leonardo y salió corriendo del salón. Sus aprendices lo siguieron.

—¡Nosotros también tenemos que ayudar! —le dijo Jack a Annie y salieron corriendo hacia el patio.

Afuera, los aprendices llenaban cubetas con agua de la fuente.

—¡Más rápido! ¡Rápido! ¡Apúrense! —gritaba Leonardo.

Annie y Jack agarraron dos cubetas llenas y, con torpeza, siguieron a los demás hacia la escalera.

—Esto... ¡se parece a Edo! —le dijo Jack a Annie, recordando el reciente viaje al Japón antiguo.

—Sí —dijo Annie—, pero el incendio era en toda una ciudad. Esto es pintura derretida.

"Es cierto", pensó Jack. Aunque para Leonardo era algo de vida o muerte.

Dentro del salón, él y sus aprendices subían las cubetas por la escalera y echaban el agua sobre las llamas en las dos ollas de hierro. Pero, ya era demasiado tarde. Los yelmos, las caras y espadas de los combatientes se habían convertido en una mancha borrosa y descolorida. La pintura se había arruinado.

Por un largo rato, Leonardo quedó con la vista clavada sobre la pared. Luego, bajó por la escalera y, cuando llegó a la puerta, Zorro le gritó:

—¡Maestro, espere!

Pero Leonardo no se detuvo.

—Sigámoslo —sugirió Annie.

—Parece que está muy molesto —comentó Jack.

—Lo sé —agregó Annie—, pero tenemos que hacer lo que dice el poema: *"Ayuden al genio todo el día"*.

—Pero, ¿y si ya no quiere nuestra ayuda? —preguntó Jack.

—¡Mira! Olvidó la canasta —añadió Annie—. Podemos llevársela.

—Está bien —contestó Jack.

Annie levantó la canasta llena con las mercancías. Jack agarró la bolsa y ambos salieron del salón del Consejo. Al llegar a la entrada del palacio, vieron a Leonardo cruzando la plaza, rápidamente.

—¡Leonardo! —gritó Annie.

Él siguió adelante y bajó por un sendero angosto.

—¡Vamos, rápido! —dijo Jack.

Atravesaron la plaza y, al llegar al sendero, vieron a Leonardo al final del camino.

—¡Leonardo, espera! —vociferó Annie.

Pero él siguió caminando, hasta que dobló en una esquina.

Annie y Jack corrieron más rápido. Cuando llegaron a la esquina, miraron a ambos lados. En la calle sólo había niños jugando. Dos mujeres conversaban, asomadas a la ventana, pero no había ninguna señal de Leonardo.

—Disculpen —le dijo Annie a una de las mujeres—. ¿Ha visto a Leonardo da Vinci?

—Oh, sí, ¡acaba de llegar a su casa! —dijo la mujer.

—¡Él vive allí! —añadió la vecina de Leonardo, señalando un edificio angosto en la acera de enfrente.

—¡Gracias! —dijo Annie.

Rápidamente, ella y Jack cruzaron la calle. En la entrada, un arco de piedra daba a un ancho sendero. Cruzaron el arco y bajaron por el sendero hacia un patio empedrado. Un caballo blanco descansaba atado a un carro. Varios pollos picoteaban la tierra entre las piedras calientes.

—Hola, chicos —les dijo Annie al caballo y a los pollos.

Jack señaló una entrada abierta, enfrente del patio.

—Está ahí. Lo oí —agregó.

Atravesaron el patio y se detuvieron junto a una ventana. Leonardo había dejado la capa y el gorro en el piso. Con el pelo enmarañado, caminaba de un lado al otro.

—Me iré de Florencia, eso es lo que haré —se repetía—. ¡Iré a Roma! ¡O volveré a Milán!

—Será mejor que no lo molestemos —susurró Jack mirando a Annie—. Si yo fuera él, odiaría que lo hicieran.

—No, *molestarlo* no —añadió Annie—. ¡Ayudarlo! Si me sintiera como él, querría que me *ayudaran*. Vamos, al menos podemos darle sus cosas.

—Antes de que Jack pudiera impedírselo, Annie ya había entrado en la casa de Leonardo—. Toc, toc —llamó ella en voz alta.

Leonardo se dio vuelta de golpe. Tenía la cara roja.

—¿Qué *hacen* aquí? —preguntó furioso.

—Trajimos tus cosas, las olvidaste —contestó Annie, y le dio la canasta.

—Oh, gracias. —La expresión de Leonardo se suavizó—. Gracias, dejen todo en la puerta —dijo.

Annie puso la canasta en el suelo y volvió a mirar a Leonardo.

—Tendríamos que irnos —comentó Jack bajito.

—Espera. —Annie se acercó a Leonardo—.

Nos gustaría ayudarte —le dijo.

—No pueden ayudarme —añadió él enojado—. Haz lo que te dijo tu hermano, pequeña. ¡Váyanse!

Pero Annie no se movió.

—Perdóname, pero se supone que debemos ayudarte todo el día —insistió—. Tú nos hiciste tus aprendices por toda la jornada, ¿lo recuerdas?

—¿No te das cuenta de que me siento abatido? —dijo Leonardo.

—Pero, ¿por qué te sientes así? —preguntó Annie—. Dijiste que la fama era el secreto de la felicidad. Y aún eres famoso.

—¿Y de qué sirve la fama si he fracasado? —gritó Leonardo—. ¡Ese fresco iba a ser mi obra maestra! Para qué quiero la fama, si todos van a reírse de mí y a burlarse de mi fracaso. ¡Por favor, váyanse!

—Bueno, está bien. Lo lamento —contestó Annie en voz baja—. Sólo queríamos ayudar.

Ella y Jack se dieron vuelta para marcharse.

—Esperen, esperen —dijo Leonardo—. Perdónenme.

Annie y Jack se volvieron hacia Leonardo. El gran genio se frotó la cara y suspiró.

—Por favor, perdónenme. Entren, adelante —añadió, haciendo una seña con la mano.

—Gracias —contestó Annie. Y ella y Jack entraron en el estudio de Leonardo da Vinci.

CAPÍTULO SEIS

Miles de ideas

El fuego suave de la chimenea calentaba la habitación, iluminada por los rayos tenues del sol. Jack contempló, admirado, el estudio de Leonardo da Vinci.

Allí había espejos, baúles de madera, esferas, potes de pintura y pinceles, pilas y pilas de libros viejos, muebles sin terminar, papeles apilados, máscaras teatrales, disfraces e instrumentos musicales. De la pared, colgaban bocetos, pinturas y mapas hechos a mano.

—¡Cielos! —murmuró Jack—. Me *encanta*

este lugar.

—A mí también me gusta mucho —agregó Annie.

—Por favor, siéntense a la mesa. Les prepararé algo de comer —dijo Leonardo apartando varios objetos que había sobre una larga mesa de madera. Luego, acercó dos sillas.

—Gracias —dijo Jack.

Él y Annie se sentaron. Leonardo sacó el queso y el pan de la canasta y convidó a sus amigos. El queso estaba seco, pero sabía bien. Y el pan era *realmente* delicioso, crujiente por fuera, tierno y esponjoso por dentro.

"Mm, ¿cómo harán para que quede así", pensó Jack.

—¿Y por qué quieres irte de Florencia, Leonardo? —preguntó Annie con la boca llena.

—Porque aquí ya nadie me respetará —contestó él—. La semana pasada, en el consejo, me dijeron que terminara el fresco. Y ahora, ni siquiera eso podré hacer. No hace mucho, Miguel Ángel dijo que yo nunca termino *¡nada!*

—¿Miguel Ángel? ¿El gran artista? —preguntó Jack.

—¿Ustedes creen que es un gran artista? —bufó Leonardo—. ¿No vieron sus estatuas? ¿Esos hombres con esos músculos? ¡Parecen sacos de nueces!

Annie y Jack se echaron a reír.

Leonardo trató de esconder la risa.

—En realidad, Miguel Ángel es un gran artista —dijo—. Pero no debería decir que yo nunca termino las cosas, aunque sea cierto.

—¿Por qué no las terminas? —preguntó Annie.

—Bueno, ahora no voy a terminar mi escena de la batalla porque me puse a experimentar con la pintura —explicó Leonardo—. Siempre estoy probando cosas nuevas, pero, con frecuencia, eso no me lleva a ningún lado.

—Entonces, ¿ese es tu principal problema? —preguntó Annie.

—Uno de ellos —contestó Leonardo suspirando—. El otro es que hay tantas cosas que quiero hacer, ¡y tan poco tiempo!

—¿Qué más quieres hacer? —preguntó Jack.

—Oh, tengo miles de ideas —contestó Leonardo.

Dejó su pan y queso, y se acercó al baúl de madera. Levantó la tapa y se quedó mirando el contenido.

Leonardo miró a Annie y a Jack. Los ojos le brillaban otra vez. Lo que había en ese baúl, ciertamente, lo hacía feliz.

—Vengan a mirar —dijo.

Annie y Jack se acercaron al baúl. Contenía decenas y decenas de libros negros, grandes y pequeños.

—Cuadernos —dijo Leonardo—. He llenado más de cien con todas mis ideas.

—Vaya —exclamó Jack, con los ojos desorbitados.

—Jack también tiene muchos cuadernos —agregó Annie.

—¿Puedo abrirlos? —preguntó Jack.

—Seguro —respondió Leonardo.

Annie y Jack ojearon las páginas, llenas de escritos y garabatos, y de bocetos de caras humanas, cabezas de animales, flores, árboles, ríos, montañas, el sol y la luna.

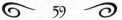

En otro cuaderno, había dibujos de caballos. En otro, bocetos de puentes y edificios. Y otro tenía dibujos de pájaros y máquinas. Muchos de los dibujos tenían palabras en un idioma extraño.

—No pueden leer mis notas, ¿no? —dijo
Leonardo.

Annie y Jack sacudieron la cabeza.

—Pónganlas frente al espejo —sugirió él.

Annie y Jack contemplaron el reflejo en el espejo.

—¡Lo tengo! —exclamó Jack.

¡Había leído las palabras! Leonardo había escrito todo de derecha a izquierda. Por eso, la palabra *pájaro*, se leía orajàp, y *viento*, otneiv.

—¿Por qué escribes así? —preguntó Annie.

—La gente cree que es para mantener mis ideas en secreto —explicó Leonardo—. Pero, en realidad, soy zurdo y, cuando escribo de izquierda a derecha, mancho toda la hoja con tinta. Un día noté que, al revés, mi escritura era más cuidadosa.

Riendo feliz otra vez, Leonardo se sentó a la mesa y mordió el pan.

—¿Qué escribes en estos libros? —preguntó Jack.

—Oh, he escrito miles de ideas —contestó Leonardo y abrió un cuaderno—. Por ejemplo: *"En las montañas de Italia, se encontraron fósiles de diminutas criaturas marinas. En mi opinión, hace millones de años las montañas estaban cubiertas por los océanos"*.

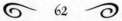

—Eso es cierto —dijo Jack.

Leonardo lo miró sorprendido.

—Bueno, lo sé porque muchos libros científicos lo dicen; las montañas estuvieron bajo el océano —añadió Jack.

—Nosotros leemos mucho —comentó Annie.

—Ah, ¿sí? —dijo Leonardo agarrando otro cuaderno: *"Si un lobo te mira fijo a los ojos, tu voz se volverá ronca"*.

—Mm, eso no es así —afirmó Annie.

—Ah, ¿no? —volvió a preguntar Leonardo.

—Bueno, piensa un poco —sugirió Annie—. ¿Cómo un animal podría lograr eso? ¿Por qué querría hacerlo?

—Bueno, creo que tienes razón —contestó Leonardo, aclarándose la garganta. Luego leyó otra de sus ideas—: *"Las arañas rompen el cascarón de sus huevos mirándolos fijo"*.

—Nooo, eso tampoco es así —exclamaron Annie y Jack al tiempo.

—¿No? —insistió Leonardo.

—Confía en nosotros —dijo Jack sonriendo.

"Esto sí que es divertido —pensó—. Saber más que un gran genio. Los científicos han descubierto muchas cosas desde los tiempos de Leonardo".

—Está bien, no sé por qué, pero confiaré en ustedes. —Leonardo pasó la página y siguió leyendo—. *"La luna es brillante porque está hecha de olas marinas"*.

—En realidad, está formada por rocas —dijo Jack—. Y el brillo se debe a que la luna refleja la luz del sol.

Él sabía mucho sobre el tema.

—¿Sabías que en la luna no hay viento? —preguntó Annie—. Así que, algún día, cuando la gente camine por ahí, ¡sus huellas quedarán para siempre!

—Maravilloso —exclamó Leonardo, sonriendo—. Yo creo que esas son tonterías, ¡pero me gusta su forma de pensar!

Leonardo pasó la página y leyó un poco más:

—*"Debe de existir alguna forma de aplicar una fuerza natural, como el viento o el vapor,*

para que la gente haga cosas en menor tiempo, con menor esfuerzo..."

—Esa es una excelente idea —afirmó Jack—. Quizá, algún día, los barcos puedan funcionar con motores a *vapor*, o también los trenes.

—¿Un tren? —preguntó Leonardo.

—¡Sí, un tren! —repitió Annie—. Es... eso que imaginamos... hoy...

—¡Algo así como vagones conectados entre sí que corren sobre vías! —agregó Jack.

—Interesante —dijo Leonardo. Y cerró los ojos, tratando de imaginar.

—Y también hay *aviones* —añadió Annie.

—Sí —afirmó Jack—, tienen alas para volar por el cielo.

—¡Como los pájaros! —exclamó Annie.

—¿Ustedes creen que algo pueda volar? —preguntó Leonardo, sentándose derecho.

—Estamos seguros —contestó Jack.

Leonardo se puso de pie.

—¡Ustedes han llegado a mí como una señal! —dijo.

—¿Qué señal? —preguntó Annie.

A Leonardo le brillaban los ojos.

—Yo también creo que los humanos podemos volar. ¡Hoy lo probaré! —exclamó.

—¿De verdad? —preguntó Jack.

—¡Sí! Hasta ahora había tenido miedo de hacerlo, ¡pero ustedes me han dado coraje! —afirmó Leonardo.

"¿Qué tendrá en mente Leonardo?", se preguntó Jack.

—¡Mi plan funcionará, estoy seguro! —dijo Leonardo—. ¡Y seré famoso para siempre!

—En realidad, no sabemos *tanto* acerca del tema —dijo Jack.

—Sí, nosotros sólo *imaginamos* que es así —añadió Annie.

—¡Vengan conmigo, amigos! —dijo Leonardo, agarrando su capa y su gorro.

Jack agarró su bolsa y salió con Annie detrás de Leonardo. El maestro saltó sobre el carro y agarró las riendas.

—¡Suban! ¡Suban! —gritó.

Jack y Annie se subieron al carro y se sentaron junto a Leonardo.

—¡Hoy mi gran pájaro se elevará por el aire y llegará al cielo! —proclamó Leonardo—. ¡Y el universo entero quedará maravillado!

CAPÍTULO SIETE

El Gran Pájaro

Leonardo agitó las riendas. El caballo blanco, golpeando los cascos sobre el empedrado, salió a la calle.

—¿Adónde vamos? —preguntó Annie.

—A una colina empinada, justo afuera de la muralla de la ciudad —contestó Leonardo—. Un día, ustedes le contarán a la gente que en este lunes histórico estaban conmigo. ¡Que conocieron al genio loco de Leonardo da Vinci y su Gran Pájaro!

—¡Genial! Pero, ¿puedes decirnos qué planeas? —preguntó Jack.

—Hace veinticinco años que hago bocetos de pájaros y murciélagos —dijo Leonardo—. Estudié todos sus movimientos, vuelos, aleteos, aterrizajes y despegues. Muchas veces me pregunté: "¿Por qué la gente no puede volar como los pájaros?". Por eso, hace un tiempo empecé a construir mi Gran Pájaro.

—¿Tu Gran Pájaro? —preguntó Annie.

—Ja, ja —rió Leonardo—. ¡Esperen y verán! ¡Ya verán!

El caballo atravesó las puertas de la ciudad en dirección al campo. El sol brillante calentaba el aire fresco.

Leonardo tiró de las riendas y el caballo salió del camino y dobló por un camino angosto y pedregoso. A los tumbos, el carro avanzó por un bosque de olivos verde pálido y campos amarillos de flores silvestres. Muy pronto llegaron al pie de la colina.

Leonardo tiró de las riendas y el caballo se detuvo.

—¡Allí está! ¡Mi Gran Pájaro! —dijo, señalando una estructura extraña sobre la cima.

—¿Qué es eso? —preguntó Jack.

—Tiene las alas como el murciélago, pero más grandes, ¡tan grandes como para un hombre! —explicó Leonardo—. Hace un mes, una noche de luna, mis aprendices y yo lo trajimos hasta aquí. Entonces, no tuve la confianza de probarlo, pero hoy sí.

Jack estaba confundido. Sabía que la gente recién había empezado a volar aviones a principios del siglo XX.

—Creo que tal vez deberías trabajar un poco más en esta idea —propuso Jack—. Quiero decir, quizá...

—¡No, no! ¡Hoy es el día! ¡Lo sé! —insistió Leonardo—. ¡Esperen, ya verán!

Saltó del carro y corrió hacia la ladera de la colina.

—Busca al *Gran Pájaro* en el libro de Leonardo, rápido, tiene que aparecer ahí —le dijo Annie a Jack.

Rápidamente, él miró el índice.

—¡Aquí está! —Jack leyó en voz alta:

Leonardo da Vinci pasó años constru- yendo una máquina para volar, a la que llamó el Gran Pájaro. Pero no fue hasta la invención de los motores ultralivianos, cuatrocientos años después de la época de Leonardo, que la gente pudo cumplir el sueño de volar. No se sabe si él realmente probó su máquina. Si lo hizo, seguro, ter- minó estrellándose.

—¡Ay, no! —exclamó Annie—. ¡La máquina no va a funcionar! Si Leonardo trata de volar desde esa colina se estrellará. ¡Tenemos que impedirlo, antes de que se lastime!

Annie saltó del carro. Jack guardó el libro en la bolsa y corrió detrás de su hermana.

—¡Leonardo, espera! —gritó Annie. Él seguía subiendo.

—¡El hombre aún no puede volar! —gritó Jack.

—¡No lo hagas, Leonardo! —gritó Annie.

Cuando él llegó a la cima, Annie y Jack iban por la mitad de la ladera. Enseguida, empezó a atarse el arnés del Gran Pájaro a la espalda.

Dos manijas enormes, adosadas al arnés, servían para mover las dos inmensas alas de tela, adheridas a una estructura de madera.

—¡No! —gritó Jack.

Pero Leonardo ya se tambaleaba sobre el borde de la cima, con su máquina en la espalda. Era tan pesada que no le permitía ni pararse.

—¡Leonardo, espera! —gritó Annie—. ¡Necesitas un motor!

Pero él se agachó, se agarró de las manijas y se las llevó al pecho. Las dos grandes alas se desplegaron por completo.

—El Gran Pájaro volará con el viento —gritó Leonardo.

—¡Noooo! —gritaron Annie y Jack.

Leonardo saltó de la cima y una ráfaga de aire lo impulsó hacia arriba. Moviendo las manijas hacia adentro y hacia afuera, las alas subían y bajaban.

Sin embargo, Leonardo no podía alcanzar velocidad con las alas. Desesperado, movía y movía las manijas, pero, rápidamente, la estructura de madera y su piloto fueron perdiendo altura hasta estrellarse contra el suelo.

—¡Leonardo! —gritó Annie.

Ella y Jack bajaron corriendo al pie de la colina. Leonardo da Vinci estaba tirado en el suelo, inmóvil. Las alas retorcidas estaban extendidas sobre el pasto.

—¿Estás bien? —gritó Annie.

No hubo respuesta.

"¡Ay, no! ¡Lo matamos!", pensó Jack.

Pero de pronto Leonardo movió una mano.

—¿Cómo estás? —volvió a preguntar Annie.

Leonardo movió la otra mano. Se dio vuelta, desató las cuerdas del arnés, se alejó gateando de la máquina y se sentó. Tenía la cara roja y raspada.

—¿Te sientes bien? —volvió a preguntar Annie.

Leonardo alzó la mirada; los ojos ya no le brillaban.

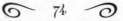

—No, *no* me siento bien —contestó, en voz baja.

—¿Te rompiste algo? —preguntó Annie.

Leonardo se puso de pie. Miró las alas rotas del Gran Pájaro y suspiró profundamente.

—El corazón, me rompí el corazón —respondió.

Luego, se dio vuelta y, cojeando, se acercó a su carro. Al verlo, el caballo resopló suavemente, como si tratara de reconfortarlo. Leonardo recostó la cabeza contra el cuello del animal.

—¿Por qué tienes el corazón roto? —le preguntó Annie.

Leonardo miró la colina.

—Toda mi vida he comenzado proyectos que jamás he terminado —dijo—. Mis torres y puentes no han sido construidos. Mis ideas científicas nunca han sido comprobadas.

—Pero… —dijo Annie.

—Durante años hice dibujos de un caballo que pensaba esculpir para el Duque de Milán. Pero al final, quedó en la nada. Sólo he terminado algunas pinturas. Ni siquiera puedo terminar mi obra favorita: el retrato de una bella dama de Florencia. Y hoy, mi fresco del Consejo se ha arruinado. Sin embargo, a pesar de mis fracasos, siempre había una cosa que me reconfortaba.

—¿Qué? —preguntó Jack.

—Yo sabía que sería la primera persona del mundo que volaría —respondió Leonardo, con la voz quebrada—. Ustedes me hicieron ver que era hora de probar mi máquina.

—Lo lamentamos —dijo Annie.

—No, no, tarde o temprano tenía que hacerlo —agregó Leonardo—. Pero ahora ese sueño también quedó en la nada. Jamás podré ser famoso por volar. —Miró el suelo desalentado—. Me iré a mi casa y quemaré todas mis notas, mis pinturas e invenciones inconclusas. Dejaré Florencia y jamás volveré.

—¡Oh, no! —exclamó Jack.

—Espera un minuto —dijo Annie—. Tú *volarás*.

—*Annie* —advirtió Jack. Como la máquina no había funcionado, no quería que Leonardo se ilusionara inútilmente.

—*Volarás*, Leonardo —insistió Annie—. ¡Y te encantará!

—¡Annie, en esta época de la historia volar no es posible! —susurró Jack—. Se necesita un motor y no lo tenemos.

Pero Annie no prestó atención.

—Esperen, iré a buscar algo —dijo. Subió al carro y buscó dentro de la mochila de Jack.

Al ver a su hermana, Jack se quedó boquiabierto. Se había olvidado de la Vara de Dianthus.

CAPÍTULO OCHO

¡Alas!

Annie alzó la vara.

—Cierra los ojos, Leonardo —dijo.

Él sólo sacudió la cabeza.

—Por favor, hazlo por un segundo —insistió Annie.

—Hazlo, Leonardo —dijo Jack.

Leonardo se puso la mano en la frente.

—Escucha —añadió Annie—. Esta mañana dijiste que un gran artista debe saber combinar observación con imaginación.

Leonardo asintió sin ánimo.

—Bueno, pon atención, ¡llegó la *hora* de la imaginación! —explicó Annie.

Y, agitando la vara sobre los tres, en voz alta, dijo:

—Haz que volemos como pájaros.

Los brazos de Leonardo fueron creciendo hacia ambos lados. Le brotaron plumas grises. De pronto, Jack notó que *sus propios* brazos también se habían convertido en dos grandes alas. Y también los de Annie.

—¿Qué sucede? —gritó Leonardo.

—¡Tenemos alas! —contestó Annie.

Jack sentía que las suyas eran livianas y frágiles, pero fuertes y poderosas a la vez.

—¡Ahora, podremos volar! —dijo Annie.

—¿¡Alas!? —exclamó Leonardo aturdido. Luego, se echó a reír. —¡Tengo alas! ¡Corramos! ¡El viento nos espera!

Dando pasos rápidos, los tres desplegaron las alas. De repente, el viento los elevó y despegaron los pies del suelo.

—¡Ohhhh! —gritó Leonardo.

Batiendo las alas, los tres se elevaron por el cielo hasta que, empujados por una brisa suave, pudieron descansar. Luego, girando y girando, planearon en círculo sobre el campo.

Jack se sentía liviano como el viento. El corazón se le salía del pecho.

—¿No es increíble? —gritó Annie.

—¡El mejor vuelo de todos! —contestó Jack.

Ambos habían volado muchas veces: sobre un dragón, una bicicleta, un león alado, una alfombra mágica y, en Camelot, sobre el lomo de un ciervo blanco. También, surcaron el aire sobre un castillo embrujado, convertidos en cuervos. Pero, esta era la primera vez que volaban siendo ellos mismos.

—¡Síganme! —gritó Leonardo. Ladeando las alas, salió del círculo. Annie y Jack lo siguieron. Los tres remontaron vuelo sobre las apacibles colinas y se deslizaron entre las nubes.

Con la neblina fresca y húmeda en la cara, Jack sentía que nadaba por el cielo, flotando sobre las nubes.

Riendo y gritando encantado, Leonardo llevó a Annie y a Jack fuera de las nubes, para volar sobre los prados amarillos y los verdes huertos de olivos.

—*¡Holaaa!* —les gritó a los granjeros, que araban el campo. Sin embargo, ellos siguieron con su labor, como si nada pasara.

—*¡Holaaa!* —les gritó a los recolectores de uvas, pero ellos tampoco alzaron la vista.

Abajo, nadie miraba hacia arriba, pero todos los pájaros del cielo graznaban y volaban cerca de Annie, Jack y Leonardo, como dándoles la bienvenida al mundo de las aves. Luego, volando delante de ellos, los pájaros fueron llevándolos hacia las murallas de Florencia.

Allí, todos juntos volaron en círculo sobre el mar de techos rojos, la gran cúpula de la catedral y la torre del palacio del Gran Consejo.

—¡Desde aquí Florencia se ve tan limpia y ordenada! —gritó Leonardo—. ¡Ojalá tuviera mi libro de bocetos!

"En verdad, la ciudad se ve ordenada desde el cielo —pensó Jack—:

el mercado, tan ocupado,

con sus hileras de puestos y tiendas,

sus calles angostas, con la ropa de

colores brillantes

agitándose en las cuerdas,

el largo puente cubierto,

el río sinuoso y brillante".

Annie, Jack y Leonardo se elevaron con las aves, de regreso al campo. Planeando sobre los olivos y las viñas, divisaron el Gran Pájaro de Leonardo destruido.

De golpe, las aves volaron más alto y se esfumaron detrás de las nubes. Leonardo, Annie y Jack planearon hacia la tierra. Desplegando las alas, suave y fácilmente, tocaron el suelo con los pies. Batiendo las alas con pequeños aleteos, dando saltos rápidos, los tres se detuvieron por completo.

Entonces, las plumas fueron desapareciendo y

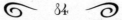

las alas volvieron a ser brazos otra vez.

Leonardo, deslumbrado, miraba el cielo. Luego, tambaleándose, dio unos pasos y cayó al suelo boca abajo.

—¿Leonardo? —preguntó Annie.

"Ay, no, le dio un ataque al corazón", pensó Jack,

—Leonardo —llamó Annie arrodillándose junto a él.

Él se dio vuelta y miró a sus amigos.

—¿Qué-qué pasó? —preguntó Leonardo—. ¿Volamos? ¿Realmente sucedió? ¿O fue un sueño?

—Eh… bueno… —Jack no sabía qué contestar. Para explicar lo de la vara, iba a tener que comenzar desde el principio: la casa del árbol, Morgana, Merlín, Teddy, Kathleen, Dianthus. Le llevaría una eternidad.

—Bueno —dijo Annie—. Un día, hace mucho tiempo, Jack y yo jugábamos en el bosque y vimos…

—Annie… —Jack sacudió la cabeza.

—Creo que, en realidad, no tiene explicación —dijo Annie, con el ceño fruncido.

Leonardo miró el cielo.

—Quizá algunas cosas deben ser misterios y es mejor guardarlas en el corazón. No debemos tratar de explicarlas.

"Ésa es una declaración asombrosa, viniendo de alguien que siempre quiere explicarlo todo", se dijo Jack.

—Pero si *tuviera* que explicarlo, diría que... —comentó Leonardo. Y poniéndose de pie, añadió—. Pasé años anotando mis observaciones acerca del vuelo de los pájaros, hice cientos de dibujos. Así, pude construir mi máquina de volar, pero al final me faltó algo, algo muy importante.

—¿Qué cosa? —preguntó Annie.

—¡El *espíritu* de un pájaro! —dijo él en tono nostálgico—. Los pájaros no son máquinas, tienen alma. Y con ustedes dos, de alguna manera, conquisté ese espíritu. Aunque sólo por un momento y, sólo en mi imaginación, ¡los tres fuimos más

86

pájaros que humanos!

—¿Y el alma de pájaro sanó tu corazón? —preguntó Annie.

—Sí, mi corazón está curado —respondió Leonardo, sonriendo—. Estoy listo para dejar este sueño atrás y pasar a otros. Y no importa que el mundo sepa o no de mi gran triunfo.

—Entonces, quizá la fama no sea el secreto de la felicidad, ¿no? —comentó Jack.

—Por supuesto que no —contestó Leonardo—. Lo he aprendido. Todo lo que hacemos debe ser para satisfacer a nuestro corazón. Por ejemplo, ahora estoy trabajando en una pintura que me encanta. No me importa si otros la ven o no. ¡Ay, ay! ¿Qué hora es? —Leonardo se inclinó para ver el sol—. ¡Debo irme, o llegaré tarde!

—Tarde ¿para qué? —preguntó Annie.

—¡Para encontrarme con mi modelo en mi estudio! —contestó Leonardo—. La mujer del retrato que estoy pintando. ¡Les hablé de ella! ¡Debemos regresar!

Los tres se apuraron para llegar al carro. Leonardo agitó las riendas y el caballo blanco inició el camino de vuelta a Florencia.

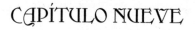

CAPÍTULO NUEVE

La sonrisa

Al principio del viaje nadie habló, como si ninguno quisiera romper el feliz hechizo que los inundaba. Incluso Jack, aunque iba dando tumbos sobre el asiento del carro, aún tenía la sensación del vuelo suave por el cielo, con el susurro del viento agitándole las plumas.

El carro atravesó la entrada de la ciudad y Annie rompió el silencio.

—Entonces, si la fama *no* es el secreto de la felicidad, ¿cuál es el secreto? —le preguntó a Leonardo—. ¿Crees que podría ser *volar?*

Leonardo se quedó pensando.

—No, no, el secreto de la felicidad no puede ser ese —dijo.

—¿Por qué no? —preguntó Jack.

—Porque nadie conocerá nunca el gran sueño de volar, sólo nosotros —dijo Leonardo—. La felicidad no puede ser sólo para *ustedes* y para *mí*.

—Cierto —añadió Annie.

—Entonces, ¿cuál es el secreto? —preguntó Jack.

—Mm... —Leonardo se quedó callado. Luego, suspirando, agregó—: debo pensarlo.

Jack, preocupado, miró el cielo. El sol se pondría pronto y llegaría la noche. Según el poema, él y Annie tenían que irse cuando el pájaro de la noche cantara su melodía.

—Mm... ¿y cuánto crees que te llevará pensarlo? —preguntó Jack.

—No lo sé —contestó Leonardo—. Ahora lo único que sé es que debo ir a ver a mi modelo. Ya está bastante molesta, incluso sin mi impuntualidad.

—¿Molesta, por qué? —preguntó Annie.

—No lo sé —contestó Leonardo—. Estará cansada de posar para mí; hace tres años que estoy pintando su retrato.

—Vaya, eso es mucho tiempo —comentó Annie—, sobre todo si solo estás sentado y nada más.

—Sí, sí, tienes razón —contestó Leonardo—. Ya ni siquiera sonríe, sólo me mira con tristeza. Contraté cantantes, músicos y bufones para entretenerla pero nada ha servido.

—Quizá sería mejor que hoy no la vieras —propuso Jack.

No quería que a Leonardo se le diluyera la emoción del vuelo. Lo que deseaba era que se dedicara a pensar en el secreto de la felicidad.

—No, debo ir —insistió Leonardo—. Hoy la luz es perfecta. Las últimas horas de la tarde son las mejores para pintar un retrato en mi patio, cuando la luz del sol es dorada y las sombras empiezan a aparecer.

Cuando el caballo llegó al jardín de Leonardo, las sombras *comenzaban* a aparecer. Una mujer esperaba, junto a la puerta del estudio.

—¡Lisa! —llamó Leonardo.

—Hola, Leonardo —contestó la mujer de capa oscura, con una mantilla de seda sobre los hombros. Un velo delgado le cubría el largo pelo castaño. Tenía frente amplia y ojos grandes, también castaños. Extrañamente, se parecía a alguien que Jack había visto en alguna parte, pero él no recordaba a quién.

—Perdóname, Lisa, llegué tarde —se disculpó Leonardo, saltando del carro—. ¿Puedes esperar a que prepare mis cosas?

—Sí, esperaré —respondió ella.

Leonardo entró a su casa apurado. Annie y Jack se bajaron del carro.

—Hola, somos Annie y Jack —dijo Annie.

—Soy Lisa —dijo la mujer sonriendo.

—Me resultas familiar —comentó Annie.

—¿De verdad? —preguntó Lisa—. ¿Son de Florencia?

—No, somos de Frog Creek, Pensilvania —contestó Annie—. Queda lejos.

—Me gusta el nombre de su ciudad —comentó

Lisa sonriendo.

"Entonces, Lisa sí sonríe con otras personas", pensó Jack, preguntándose por qué no lo hacía con Leonardo.

Leonardo salió con un lienzo, un caballete y una caja con pinturas. Luego, trajo un taburete para Lisa. Ella se sentó y cruzó las manos.

Leonardo puso el lienzo sobre el caballete. Mientras preparaba sus pinturas, Annie y Jack observaron todo el proceso con atención.

—Qué bonito —dijo Annie, suspirando.

En el pequeño lienzo, se veía el rostro de Lisa. Pero Leonardo no había pintado la boca de su modelo. Como fondo de la pintura, se veía un paisaje neblinoso, con montañas y ríos sinuosos.

Leonardo agarró el pincel, lo mojó en un tarro de pintura y empezó a trabajar. Annie y Jack miraban de cerca, mientras el gran genio desplegaba una delgada capa verde sobre el paisaje.

—¿Qué estás haciendo? —susurró Annie.

—Pinto muchas capas finas en el fondo del lienzo —murmuró Leonardo—. Esto da un efecto de luz verde tenue sobre toda la obra. Todo se mezcla como el humo y no puede distinguirse la luz de la sombra.

—¿Cómo aprendiste eso? —preguntó Annie—. Quiero decir, siempre encuentras una nueva forma de hacer las cosas. ¿Cómo lo logras?

—Preguntando todo el tiempo —respondió Leonardo—: ¿cómo puedo pintar la luz?, ¿cómo puedo capturar las sombras?, ¿cómo puedo hacer esto?, ¿cómo puedo hacer aquello? —Leonardo dejó el pincel y miró a Annie y a Jack. Los ojos le brillaban. —Bueno, amigos, he encontrado el secreto.

—¿De verdad? —preguntó Jack.

—Sí —contestó Leonardo—. El secreto de la felicidad está al alcance de *todos*, a cada hora, en cualquier *lugar*. Jóvenes, ancianos, ricos, pobres; *todos* pueden aspirar a encontrar la felicidad.

—¿Cómo? ¿Cuál es el secreto? —preguntó Annie.

Ella y Jack se inclinaron hacia adelante, ansiosos por oír la respuesta.

—*Curiosidad* —respondió Leonardo.

—¿Curiosidad? —repitió Jack. Él tenía mucha, muchísima.

—Preguntar siempre —dijo Leonardo—. Tratar de aprender cosas nuevas. Preguntar: por qué, cómo, cuándo, dónde. Preguntarse: ¿cómo funciona eso?, ¿qué significa aquello? ¿cómo es esta persona?, ¿cómo será aquella otra? Yo siempre estoy buscando respuestas para las cosas que no entiendo.

—¡Yo también! —añadió Jack.

—Por eso siempre ansío la llegada de cada día, primavera, verano, otoño, invierno, y todos los meses y años por venir, porque hay tanto por descubrir —comentó Leonardo.

—Yo también —dijo Annie.

—Gracias a mi curiosidad olvido mis tristezas y fracasos y me siento muy feliz —comentó Leonardo y miró el cielo—. Por ejemplo, uno podría preguntarse cómo hicieron para construir esa cúpula de ocho caras sobre la catedral.

—Eso *mismo* me pregunto yo —agregó Jack.

—Y yo me pregunto cómo cambian su forma las nubes —dijo Annie.

—¿Y cómo logran que el pan sea duro por fuera y esponjoso por dentro? —añadió Jack.

—¿Hay, en realidad, diez tipos de narices? —preguntó Annie.

—¿Y cuántos tipos de orejas hay? —preguntó Jack—. ¿Y cuántos tipos de pies?

—¿Y de manos? —agregó Annie.

—¿Y de cejas? —preguntó Jack.

Los dos hablaban uno encima del otro, preguntando sin parar.

—¿Y quién hace sonar las campanas de la torre?, ¿por qué el cielo es azul?, ¿dónde duermen los pájaros de la ciudad?

—¿Y POR QUÉ LISA NO LE SONRÍE A LEONARDO? —preguntó Annie.

Jack y Leonardo miraron a Annie. Después, los tres miraron a Lisa. Jack ya había olvidado que la mujer estaba sentada cerca de ellos.

La silenciosa y bella dama pestañeó.

—¿Cómo? ¿Qué dijiste? —preguntó.

—¿Por qué no le sonríes a Leonardo, Lisa? —volvió a preguntar Annie—. ¿Estás enojada porque hace tres años que posas para él?

Lisa se puso colorada. Como esforzándose por no llorar, sacudió la cabeza.

—¿Hay... hay alguna otra razón? —preguntó Annie, suavemente.

Lisa miró a Leonardo. Él la miraba fijo.

—Sí —susurró ella—. Hay otra razón.

—¿Cuál es? —preguntó Annie.

—Temo sonreír —contestó Lisa mirando a Leonardo, aunque le hablara a Annie—. Si sonrío, Leonardo pintará mi sonrisa y terminará el trabajo. Le venderá el cuadro a mi familia y jamás se acordará de mí.

Por un momento, todos se quedaron en silencio. Annie y Jack miraron a Leonardo.

—Annie —dijo él, finalmente mirando a su modelo—. Dile a Lisa que si sonríe, *terminaré* su retrato, pero dile también que no se lo venderé a su familia. Lo llevaré conmigo dondequiera que vaya, por el resto de mi vida y jamás la olvidaré.

—Lisa, Leonardo dice que... —comenzó a decir Annie.

Pero Lisa la interrumpió.

—Lo escuché —dijo en tono suave.

Entonces sonrió apenas, pero con misterio y belleza. Su rostro brillaba a la luz dorada del atardecer.

—¡Ah! —suspiró Leonardo—. Sigue sonriendo así —dijo, mirando a la bella mujer, mientras hundía el pincel en la pintura—. ¡Por favor, no dejes de sonreír, Mona Lisa!

"¿Mona Lisa?", Jack había oído ese nombre.

La dama siguió sonriendo y Leonardo pintando.

—Eh, ¿oyes eso? —le dijo Annie a Jack.

De pronto, Jack oyó un bello trino. Un pájaro marrón cantaba cerca del patio.

—Se parece al pájaro que tú dejaste en libertad —dijo Jack.

—¡*Es* él! —susurró Annie.

—Es un ruiseñor —comentó Leonardo, sin quitar los ojos de Lisa—. ¡Qué bello canta!

Annie miró a Jack sonriendo.

—Hora de irnos —comentó—. El poema de Morgana dice: ayuden al genio *"hasta que el pájaro cante su melodía".*

—Cierto —respondió Jack suspirando—. ¡Adiós, Leonardo!

Él siguió pintando, concentrado.

—¡Adiós, Lisa! —dijo Annie.

—Adiós —susurró ella, mirando a Annie.

—¡Mis amigos, adiós! ¡Vuelvan pronto, por favor! —dijo Leonardo—. Hoy me han ayudado mucho.

—Tú también nos has ayudado —añadió Annie.

Leonardo saludó con un gesto y volvió a su labor. Mientras el ruiseñor cantaba, pintó la sonrisa de Lisa. Y el ave, con su melodía, llenó de música la noche de Florencia.

CAPÍTULO DIEZ

Preguntas

Annie y Jack salieron a la calle en pleno crepúsculo.

—¿Dónde está el árbol de nuestra casa mágica? —preguntó Annie.

—En algún lugar, más allá del puente, pasando la catedral —contestó Jack.

Guiándose por la majestuosa cúpula, avanzaron rápidamente por las calles de Florencia.

Cuando llegaron a la catedral, la plaza estaba en silencio. Las puertas del gran templo estaban abiertas y desde afuera se veían velas encendidas en el interior.

Siguieron adelante, hasta que llegaron al mercado. Por la noche, todos los puestos y tiendas cerraban y la plaza quedaba desierta.

Annie y Jack volvieron por el camino que habían recorrido en la mañana. Bajando por los mismos senderos, notaron que todos los negocios también estaban cerrados. Cruzaron el puente cubierto, caminaron junto al río y las casas silenciosas, con el humo de las chimeneas trepando por el cielo, ya casi oscuro.

Finalmente, Annie y Jack llegaron al seto donde se escondía el árbol con la casa mágica. Bajo la luz gris del anochecer, subieron por la escalera colgante.

—Antes de irnos, quiero investigar algo —comentó Jack.

Agarrando su libro buscó *Mona Lisa* en el índice.

—¡Mira! ¡Es Lisa! —dijo Annie asombrada.

Los dos se quedaron mirando la foto de la obra de Leonardo. Era exactamente igual, con la diferencia de que la dama sonreía, tal como ellos la habían visto en la realidad. Jack leyó en voz alta:

Aparentemente, la pintura de Leonardo da Vinci, el retrato de Mona Lisa, es la obra más famosa del mundo. Se cree que este es el rostro de Lisa del Gioconda. En italiano, la palabra *mona*, quiere decir "mi señora". Leonardo da Vinci nunca vendió su pintura, la llevó a todas partes con él, hasta el día de su muerte.

—Cumplió su promesa —comentó Jack cerrando el libro.

—Sabía que lo haría —añadió Annie suspirando—. Adiós, Leonardo —susurró. Luego, agarró la nota de Morgana y señaló las palabras *Frog Creek.* —Deseamos regresar a casa —proclamó.

El viento comenzó a soplar.

La casa del árbol empezó a dar vueltas.

Más y más rápido cada vez.

Después, todo quedó en silencio.

Un silencio absoluto.

❀ ❀ ❀

La luz del sol entraba por la ventana de la casa del árbol. El tiempo no había pasado en Frog Creek. El timbre de la escuela llamando a clase en diez minutos, seguía sonando. Annie y Jack llevaban puesta la ropa de la escuela. La bolsa de tela de Jack se había convertido en mochila.

—Debemos apurarnos —dijo Annie.

—Lo sé —agregó Jack.

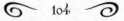

Abrió su mochila y se sintió feliz de ver la Vara de Dianthus. Cuando sacó el libro, se cayó un trozo de papel. Era el boceto del ángel.

—Oh, me había olvidado de esto —dijo Jack.

Él y Annie contemplaron el dibujo.

—Se ve que realmente era un buen dibujante —comentó Annie.

—Así es —contestó Jack—, y nos servirá como recuerdo de su secreto de la felicidad.

—A él todo le provocaba curiosidad —agregó Annie—: ángeles, narices, aves.

—Plumas, flores, lobos, arañas —añadió Jack.

—Sombras, luces —continuó Annie.

—Campanas, nubes, la luna —siguió enumerando Jack.

—Y cada vez que estaba triste por algo, su curiosidad le devolvía la felicidad —dijo Annie.

Jack agarró el dibujo del ángel y, cuidadosamente, lo guardó en la mochila.

—Vamos, no podemos llegar tarde a la escuela —dijo bajando por la escalera colgante. Annie bajó detrás de él.

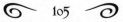

Ambos atravesaron el bosque, iluminado por los rayos del sol.

—Me pregunto dónde será mi nueva clase —comentó Annie.

—Sí, y yo me pregunto dónde estará mi pupitre, ¿junto a la ventana o junto a la puerta? —añadió Jack.

—¿Estarán Randy y Jenny en mi clase este año? —se preguntó Annie.

—¿Y Joe estará en la mía? —agregó Jack.

—¿Qué le pasó a Raymond Johnson? ¿Volverá este año? —preguntó Annie.

—Espero que sí —agregó Jack—. ¿Y quién será la nueva bibliotecaria? ¿Y el nuevo maestro de música?

—¿Y qué tipo de nariz tienen? —preguntó Annie.

Jack se echó a reír. Las preguntas acerca de la escuela ya no lo ponían nervioso, sino ansioso por descubrir las respuestas.

—¿Y cuánto tiempo nos llevará llegar a la escuela si caminamos muy, muy rápido? —agregó.

—¿Y si corremos? —propuso Annie.

Con el viento agitando las ramas y las hojas de los árboles, y el canto de los pájaros, Annie y Jack corrieron por el bosque, en la soleada mañana de lunes.

Más información acerca de Leonardo da Vinci

Leonardo da Vinci nació el 15 de abril de 1452, en Vinci, Italia, en las afueras de Florencia. Y murió en Francia, el 2 de mayo de 1519.

El gran artista vivió durante el *Renacimiento*, período que comenzó en Italia en el siglo XIV y luego se extendió a Europa. Se lo llamó así porque, tras un largo período llamado la Edad Media, la creatividad y el conocimiento "volvieron a nacer". Debido a sus talentos múltiples, a Leonardo siempre se lo consideró como un ejemplo del "hombre del Renacimiento". Él no sólo fue

uno de los más grandes pintores del mundo, sino también fue inventor, matemático, botánico, geólogo, chef, músico, filósofo, ingeniero y escultor.

Lunes con un genio loco nació a partir de varios hechos verídicos acerca de Leonardo da Vinci: su escritura en reverso y sus numerosas anotaciones. Según los historiadores, sus cuadernos sumaban cerca de trece mil páginas, pero sólo se hallaron siete mil.

Es cierto que Leonardo empezó a pintar un fresco llamado *La batalla de Anghiari*, que representaba la escena de un combate, en el salón del Consejo Mayor en Florencia. Un fresco es una pintura en yeso sobre paredes o techos. También es cierto que *La batalla de Anghiari* fue dañada cuando Leonardo experimentó con una nueva técnica que derritió partes de la pintura. Lamentablemente, la obra quedó inconclusa.

Leonardo tenía un gran interés por las aves y un gran deseo de volar. En uno de sus cuadernos escribió que, cuando era bebé, un pájaro se había posado en su cuna. Uno de sus primeros biógra-

fos escribió que el gran artista adoraba comprar pájaros enjaulados para dejarlos en libertad. En las notas de Leonardo, abundaban diseños de una máquina con alas a la que llamaba "el Gran Pájaro". Según él, estaba lista para su primer vuelo y llenaría de asombro al universo y de gloria a su creador. Sin embargo, jamás se registró ningún vuelo exitoso de la máquina de volar. Posiblemente, si trataron de ponerla a prueba, terminó fallando.

Leonardo tardó tres o cuatro años en pintar una de las obras de arte más famosas del mundo: la *Mona Lisa*. Y es cierto que se quedó con la pintura hasta su muerte. Pero nadie sabe, ni sabrá jamás, la razón verdadera de la misteriosa sonrisa de Mona Lisa.

Crea tu propia máquina de volar

Leonardo da Vinci tenía numerosas ideas para realizar máquinas de volar. Debido a que, en aquella época no había motor, la gente hubiera tenido que aplicar su propia fuerza para probar los diseños de Leonardo.

Hay muchas formas de hacer una máquina de papel, que funcione con tu propia fuerza. Aquí tienes las instrucciones para uno de los modelos más simples. También existen muchos sitios Web con instrucciones para fabricar aviones de papel no tan sencillos. Entra en www.paperplanes.co.uk y en www.amazingpaperairplanes.com, y encontrarás más ideas.

El Gran Pájaro

Materiales:

- Una hoja de papel de 81/2 x 11 pulgadas.

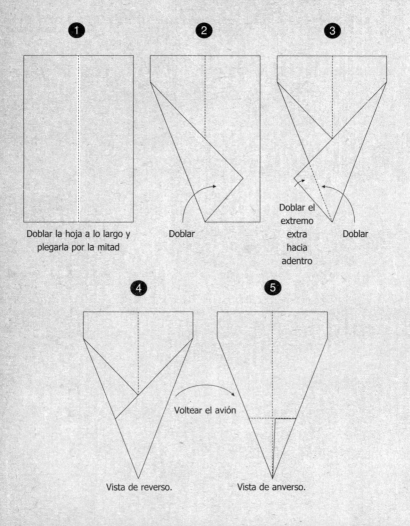

1 Doblar la hoja a lo largo y plegarla por la mitad

2 Doblar

3 Doblar el extremo extra hacia adentro — Doblar

4 Vista de reverso.

Voltear el avión

5 Vista de anverso.

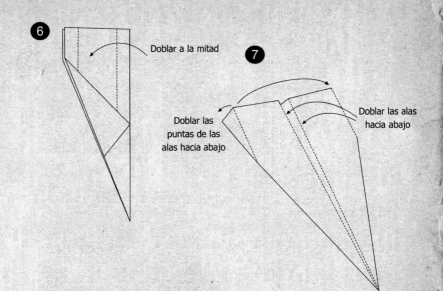

6 Doblar a la mitad

7 Doblar las puntas de las alas hacia abajo

Doblar las alas hacia abajo

Sostén el avión por el centro y ¡lánzalo! ¡Que te diviertas!

A continuación un avance de

LA CASA DEL ÁRBOL® #39
MISIÓN MERLÍN

Día negro en el fondo del mar

Jack y Annie continúan con la
búsqueda de otro secreto para Merlín,
pero ahora… ¿lo hallarán en manos de
un monstruo marino?

CAPÍTULO UNO

De regreso al mar

Jack sintió las primeras gotas de lluvia. Alzó la mirada y vio una oscura nube de tormenta veraniega.

—¡Apúrate! —dijo llamando a Annie.

Iban a su casa en bicicleta, de regreso de la biblioteca. Jack tenía la mochila llena de libros y no quería que se le mojaran.

Mientras pedaleaban a toda velocidad, un enorme pájaro blanco bajó en picado hacia ellos y, luego, voló en dirección al bosque de Frog Creek.

—¿Viste eso? —gritó Jack.

—¡Una gaviota! —contestó Annie en voz alta—. ¡Es una señal!

—Tienes razón —respondió Jack.

La última vez que habían visto una gaviota en Frog Creek, ¡la casa del árbol estaba esperándolos!

—¡Al bosque! —dijo Annie.

Saltaron el borde de la calle con la bicicleta y, bajo una lluvia ya más intensa, pedalearon hacia el bosque, rebotando sobre el terreno irregular, aplastando hojas y ramas con las ruedas.

—¡Será hora de buscar otro secreto de la felicidad para Merlín! —gritó Jack.

—Espero que esté mejor —contestó Annie.

—¡Ojalá que Teddy y Kathleen estén en la casa del árbol! —gritó Jack.

—¡Sí, ojalá! —gritó Annie.

Avanzaron a toda velocidad bajo el follaje mojado. Cuando llegaron al roble más alto, la gaviota había desaparecido. Pero la casa del árbol estaba esperándolos con la escalera colgante balanceándose con el viento.

Annie y Jack se bajaron de las bicicletas y las

apoyaron contra el roble.

—¡Teddy! ¡Kathleen! —gritó Annie.

No hubo respuesta.

—Creo que esta vez no vinieron —comentó Jack.

—¡Qué lástima! —exclamó Annie—. ¡Tenía muchas ganas de verlos!

—¡Buu! —Dos niños, algo mayores que Annie y Jack se asomaron a la ventana de la casa mágica: un niño de pelo rizado y sonrisa amplia, y una niña de ojos azul marino y sonrisa bella. Ambos llevaban túnicas de color verde.

—¡Yupi! —gritaron Annie y Jack.

Mientras subían por la escalera colgante, empezó a llover más fuerte. Cuando entraron en la casa, se quitaron los cascos y abrazaron a Teddy y a Kathleen.

—Morgana nos pidió que les contáramos acerca de la próxima misión para Merlín —explicó Teddy.

—¿Cómo *está* él? —preguntó Annie.

Teddy se puso serio y sacudió la cabeza.

—Aún sufre por una pena secreta —añadió Kathleen entristecida.

—¿Cuándo podremos verlo? —preguntó Annie.

—Ya tenemos dos secretos de la felicidad para él —agregó Jack.

—Podrán visitarlo después de aprender dos secretos más —dijo Kathleen—. Según Morgana, el cuatro es el número mágico que asegurará el éxito.

—Vinimos a enviarlos en busca del tercer secreto —comentó Teddy.

Kathleen sacó un libro de debajo de su túnica y se lo dio a sus amigos.

—Se lo envía Morgana —dijo.

En la tapa, se veían las olas del mar rompiendo sobre una playa.

—¡Vaya! —exclamó Jack agarrando el libro—. ¿Iremos al océano?

—Sí —contestó Teddy—. Allí buscarán el próximo secreto de la felicidad.

—El mar me hace feliz —comentó Annie—. Una vez, Jack y yo viajamos a una barrera de coral y nadamos con delfines. Y también nos topamos con un pulpo, pero era amigable y asustadizo y...

—Pero el tiburón que vimos no era tan amigable —interrumpió Jack—. Era un cabeza de martillo gigante.

—¡Oh, cielos! —exclamó Kathleen.

—Y dimos un paseo en un mini submarino —añadió Annie—. ¡Fue grandioso!

—Hasta que empezó a entrar agua y... —agregó Jack.

—¡Y tuvimos que escapar! —dijo Annie.

—Sí —exclamó Jack—, pero sin movernos mucho para que el tiburón no nos detectara.

—¡Nos divertimos tanto! —dijo Annie.

—Espero que en este viaje no se topen con la

misma *diversión* —añadió Kathleen con una sonrisa.

—En caso de que sí, pueden contar con su Vara de Dianthus, ¿no es así? —dijo Teddy.

—Por supuesto —contestó Jack—. Siempre la llevo conmigo por si acaso.

Abrió la mochila y sacó la vara plateada, parecida al cuerno de los unicornios.

—¿Recuerdan las tres reglas? —preguntó Kathleen.

—Seguro —dijo Jack—. Para que funcione hay que pedir un deseo de cinco palabras.

—Tenemos que hacer todo lo que esté a nuestro alcance antes de recurrir a la vara —continuó Annie.

—Y sólo podremos usarla por el bien de los demás, no por el nuestro —agregó Jack.

—Exacto —confirmó Teddy.

—¿Quiénes serán "los demás" esta vez? —preguntó Annie—. ¿Quizá ustedes, amigos?

—Me temo que no —respondió Kathleen—. Deberán encontrar el secreto por su cuenta.

—Estén atentos —recomendó Teddy.

—Y escuchen a su corazón —aconsejó Kathleen.

—De acuerdo —contestó Annie—. Al regresar les contaremos todo.

Jack señaló la tapa del libro del océano y un relámpago iluminó el bosque.

—¡Deseamos ir a este lugar! —dijo.

Se escuchó un trueno en el cielo oscuro. El viento sopló con más fuerza.

La casa del árbol empezó a girar.

Más y más rápido cada vez.

Después, todo quedó en silencio.

Un silencio absoluto.

Mary Pope Osborne

Es autora de numerosas novelas, libros ilustrados, colecciones de cuentos y libros de no ficción. Su colección La casa del árbol ha sido traducida a muchos idiomas en todo el mundo, y es ampliamente recomendada por padres, educadores y niños. Estos libros permiten a los lectores más jóvenes, el acceso a otras culturas y distintos períodos de la historia, así como también, el conocimiento del legado de cuentos y leyendas. Mary Pope Osborne y su esposo, el escritor, Will Osborne, autor de *Magic Tree House: The Musical,* viven en Connecticut, con sus tres perros. La señora Osborne es coautora de Magic Tree House® Fact Trackers, con Will y su hermana, Natalie Pope Boyce.

Sal Murdocca es reconocido por su sorprendente trabajo en la colección La casa del árbol. Ha escrito e ilustrado más de doscientos libros para niños, entre ellos, *Dancing Granny*, de Elizabeth Winthrop, *Double Trouble in Walla Walla*, de Andrew Clements y *Big Numbers*, de Edward Packard. El señor Murdocca enseñó narrativa e ilustración en el Parsons School of Design, en Nueva York. Es el libretista de una ópera para niños y de algunos cortometrajes. Sal Murdocca es un ávido corredor, excursionista y ciclista. Ha recorrido Europa en bicicleta y ha expuesto pinturas de estos viajes en numerosas muestras unipersonales. Vive y trabaja con su esposa Nancy en New City, en Nueva York.

Morgana le pide a Jack y a Annie que
viajen al Japón antiguo en busca de un
importante secreto de la felicidad para salvar
la vida de Merlín.

LA CASA DEL ÁRBOL #37

MISIÓN MERLÍN

El dragón del amanecer rojo

En la búsqueda del tercer secreto de la felicidad
para Merlín, Annie y Jack se enfrentan a un
temible monstruo marino.

LA CASA DEL ÁRBOL #39
MISIÓN MERLÍN

Día negro en el fondo del mar

La misión de Annie y de Jack es hallar, en medio del frío de la Antártida, el último secreto de la felicidad para salvar la vida de Merlín.

LA CASA DEL ÁRBOL #40
MISIÓN MERLÍN

EL regalo del pingüino emperador